世界博物館奇妙之旅

# 大英博物館

## 西洋棋子大逃亡

黃紛紛 / 著　布克布克 / 繪

大英博物館位於英國倫敦，成立於 1753 年，是英國最大的綜合性博物館，也是世界著名的五大博物館之一。目前大英博物館擁有藏品八百餘萬件，其中包括大量珍貴的中國文物，以及古埃及、古希臘、古羅馬等時期的珍稀文物。

中華教育

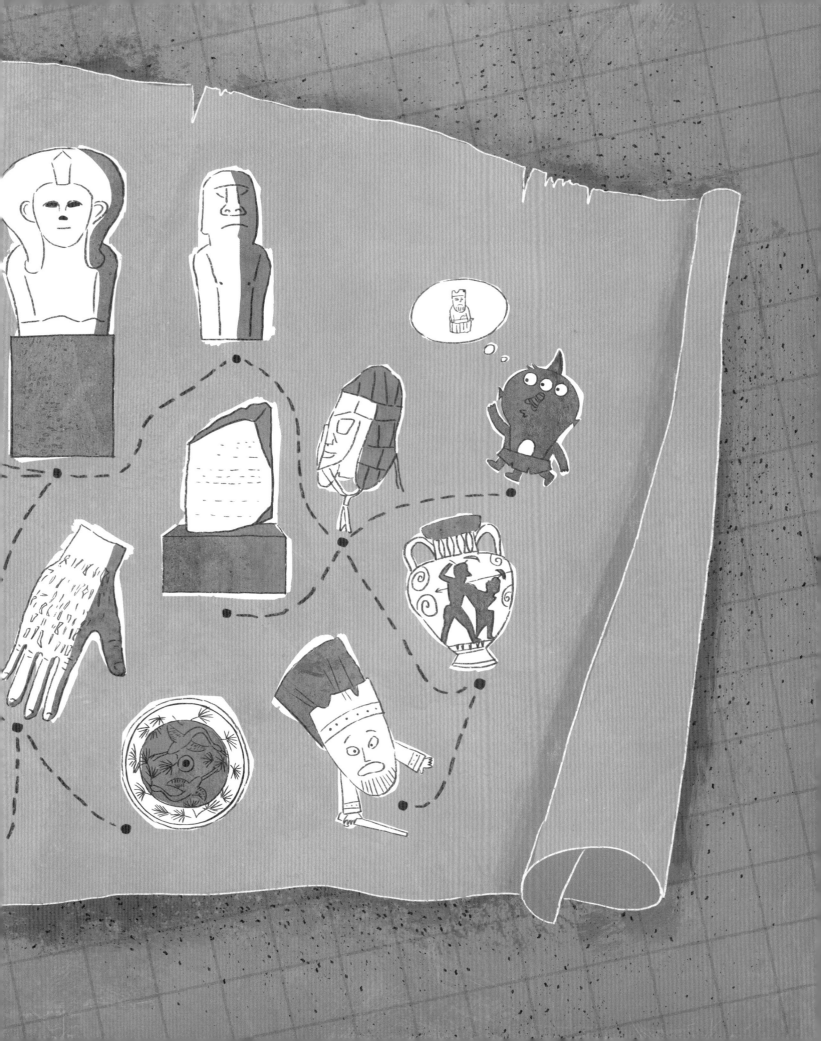

故事飛船 榮譽出品

北京漫天下風采傳媒文化有限公司

責任編輯：劉可有
裝幀設計：鄧佩儀
排版：鄧佩儀
印務：劉漢舉

世界博物館奇妙之旅

# 大英博物館
## 西洋棋子大逃亡

黃紛紛 / 著　布克布克 / 繪

**出版 | 中華教育**
香港北角英皇道 499 號北角工業大廈 1 樓 B 室
電話：(852) 2137 2338　傳真：(852) 2713 8202
電子郵件：info@chunghwabook.com.hk
網址：http://www.chunghwabook.com.hk

**發行 | 香港聯合書刊物流有限公司**
香港新界荃灣德士古道 220-248 號 荃灣工業中心 16 樓
電話：(852) 2150 2100　傳真：(852) 2407 3062
電子郵件：info@suplogistics.com.hk

**印刷 | 高科技印刷集團有限公司**
香港葵涌和宜合道 109 號長榮工業大廈 6 樓

**版次 | 2021 年 12 月第 1 版第 1 次印刷**
©2021 中華教育

**規格 | 16 開 (235mm x 275mm)**

**ISBN | 978-988-8760-32-9**

**小怪獸烏拉拉**　來自米爾星的外星小怪獸,擁有獨特的外形特徵:頭上長角,三隻眼睛,三條腿,鼻子上有條紋……他個性活潑,調皮可愛,想像力豐富,好奇心極強,喜歡自己動腦筋解決問題。

 **藍莫和艾莉**　小怪獸烏拉拉的爸爸和媽媽,他們和小怪獸烏拉拉一起乘坐芝士飛船來到地球。

 **芝士飛船**　小怪獸烏拉拉的座駕,同時也是他的玩伴。芝士飛船能變身成不同的交通工具:芝士潛艇、芝士汽車……它還有網絡檢索、穿越時空、瞬間轉移、變化大小等功能。這些神奇的功能幫助小怪獸烏拉拉在地球上完成各種奇妙的探險之旅。

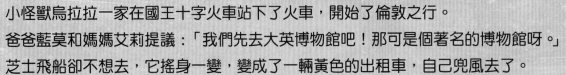

小怪獸烏拉拉一家在國王十字火車站下了火車，開始了倫敦之行。

爸爸藍莫和媽媽艾莉提議：「我們先去大英博物館吧！那可是個著名的博物館呀。」

芝士飛船卻不想去，它搖身一變，變成了一輛黃色的出租車，自己兜風去了。

**國王十字火車站**

　　國王十字火車站是為紀念英國漢諾威王朝國王喬治四世而建造的，它位於倫敦市中心，於 1852 年開始使用，是倫敦重要的交通樞紐之一。

大英博物館是一座高大氣派的白色建築。

在博物館門口，一位匆匆趕路的老婆婆掉了一個紅色錢包，小怪獸烏拉拉連忙撿起來追了上去。

老婆婆感激地收回錢包，並掏出一枚小小的硬幣送給小怪獸。

「這枚硬幣可以讓你在博物館裏看見不一樣的風景哦。」老婆婆說着，朝小怪獸烏拉拉眨了眨眼。

烏拉拉還沒反應過來，老婆婆就消失了。她留在烏拉拉手中的硬幣正閃着白光。

在大英博物館裏，爸爸藍莫和媽媽艾莉被一塊石碑吸引住了，他們停下腳步觀察起石碑來。小怪獸烏拉拉卻覺得有點兒無聊，他東看看、西瞧瞧，突然注意到自己腳邊閃過兩團小小的白影。

**羅塞塔石碑**

　　羅塞塔石碑上刻有古希臘文、古埃及世俗體文字和古埃及象形文字三種文字。西方學者通過這塊石碑解讀了早已失傳的古埃及象形文字，開創了古埃及文物研究的新篇章。

**劉易斯西洋棋**

　　劉易斯西洋棋是由海象牙及鯨魚齒雕刻而成的棋子,包括國王、皇后、騎士、兵卒等。這副西洋棋被發現於蘇格蘭劉易斯羣島,有學者認為它們來自挪威。

　　他偷偷跟上去,發現「白影」是兩顆西洋棋子 —— 驚恐的國王和憂鬱的皇后。
　　小怪獸烏拉拉上前一步擋在了國王面前,國王嚇得連手裏的劍都掉了。
　　「你們在幹甚麼?賽跑嗎?」小怪獸烏拉拉興致勃勃地問。
　　「你⋯⋯你是誰?怎麼能看得到我們?」皇后顫抖着問。

第329次

　　小怪獸烏拉拉自我介紹了一番，兩顆棋子看出他沒有惡意，才消除了恐懼。

　　國王告訴小怪獸烏拉拉：「我們是兩顆很老的棋子，快1000歲了。我們想逃回老家挪威，這已經是我們第329次逃跑，以前的328次都失敗了。」

小怪獸烏拉拉聽着聽着，突然發現自己面前出現了一片冰海，不遠處有一羣維京人正在追捕鯨魚和海象。

「為甚麼會這樣？」他正驚訝的時候，突然摸到了衣兜裏的硬幣。原來，老婆婆說的「看見不一樣的風景」，是指自己能聽到文物們說話，還能看見從前的景象！

看着國王和皇后一臉愁苦的樣子，他說：「沒關係，我幫你們逃出去！」

棋子跟着小怪獸烏拉拉一路小跑，經過希臘文物展廳，看到一大羣灰白色人影。仔細一看，原來是一羣半人馬和人類在打仗。

國王鄙夷地說：「這些人就喜歡打架，沒完沒了！」

**帕特農神廟浮雕**

古希臘帕特農神廟的間板裝飾，共包括 92 塊刻有神話故事中戰鬥場景的浮雕。

這塊浮雕雕刻着半人馬和拉皮斯人激戰的場景。

突然，幾支長矛飛了過來！小怪獸烏拉拉眼疾手快地
把國王拉到一旁，躲過飛矛。然後，他們迅速逃離這裏。

卡特貝特木乃伊

這是一具老嫗的木乃伊，來自埃及底比斯城。她名叫 Katebet，是侍奉「神王」阿蒙神的歌女，負責在廟宇宗教儀式中唱歌奏樂。她是大英博物館最著名的木乃伊，被譽為「鎮館之寶」。

他們又跑到了埃及文物展廳，這裏躺着好幾具木乃伊。

皇后指着一具木乃伊說：「她已經沉睡 3000 多年了。」

小怪獸烏拉拉興奮地說：「我去過埃及，曾經和木乃伊做過朋友，他們總是在晚上偷偷爬起來玩耍呢！」

突然，旁邊一尊貓銅像「喵」地叫了一聲，一口叼起了國王。

**芭絲特女神銅像**

在古埃及，貓的地位非常特殊。芭絲特女神以貓為化身，在古埃及後王朝時期（公元前 1085 年—前 332 年）特別受人崇拜，她的形象常常被描述成母貓的樣子。這尊銅雕像製作工藝精良，形象栩栩如生。

皇后哀愁地叫道：「這隻貓每次碰見都要吃我們，它說我們是魚骨頭做的。」

小怪獸烏拉拉眼珠一轉，立刻喊道：「國王不是魚骨頭做的，是鯨的牙齒做的！鯨不是魚哦！」

銅貓聽到後愣住了，國王就從它嘴裏掉了下來，趁機跑掉了。

小怪獸烏拉拉邊跑邊回頭對銅貓喊道：「等我以後給你補一補海洋科學常識……」

三人擺脫了銅貓，剛想喘口氣，卻見一隻手突然伸了過來。
小怪獸烏拉拉大驚失色，忙問：「誰的手？！」
皇后說：「這不是真的手，是古代一個阿拉伯人用自己的右手當模子，鑄成的銅手。」

**阿拉伯銅手**

　　阿拉伯銅手來自也門，專家推測可能是用真人的手開模而澆鑄出的。手背上雕刻着銘文，為獻給神的供品。這隻銅手的骨骼、血管，甚至手指關節上的皮膚褶皺都刻畫得精細逼真，反映出當時工匠技藝的高超。

　　銅手一把抓住國王，哈哈大笑道：「太好啦！我要把這顆珍貴的棋子獻給神靈！」

　　眼看銅手要帶着國王跑掉，小怪獸烏拉拉急中生智，伸出手來給銅手撓癢癢。銅手忍不住大笑起來，直到笑得沒了力氣，才放開了國王，大家於是得以逃脫。

跑着跑着，小怪獸烏拉拉面前突然閃過一道亮光，原來是一面
圓圓的鏡子發出的。讓人沒想到的是，鏡子居然開口說話了——

「我是一面古老的鏡子，
來自遙遠的日本。
現在，請聽我講講
日本的故事……」

**日本銅鏡**
　　銅鏡在日本的傳統文化中有着特
殊的意義。這面銅鏡曾與其他六百餘
件銅鏡祭品一起投入聖池。它的背面
刻有松枝和一對飛翔的仙鶴，象征着
長壽和忠貞。

國王擺擺手，說：「我們趕時間呢，不想聽故事。」

突然，從鏡子後面飛出兩隻仙鶴，一下子把國王叼住。其中一隻還叫道：「不聽就不能走！」

小怪獸烏拉拉生氣地說：「你們不講道理，強迫別人聽故事！」

沒想到，鏡子委屈地哭了起來：「嗚嗚嗚，怎麼你們都不喜歡我！沒有人喜歡我！」

原來，是鏡子太寂寞了。大家正感到為難，小怪獸烏拉拉一眼看到爸爸媽媽正從遠處走來，忙說：
「別着急，我媽媽來了，她肯定會喜歡聽你講故事的。她還去日本旅行過呢！」

這時，遠處傳來優美的管風琴音樂，一艘金光閃閃的帆船駛了過來。

船上的人朝他們大喊：「你們要去哪裏？快上來，送你們一程！」

「太好啦！」小怪獸烏拉拉和國王、皇后迅速爬上了帆船。

船上坐着一位穿着金色袍子、戴着金皇冠的男士，原來他就是神聖羅馬帝國的皇帝！

得知西洋棋子要逃回老家，皇帝搖了搖頭說：「老弟，你還是放棄吧。你的王國和我的帝國都不存在了，我們只能在這博物館裏當國王了！」

聽了神聖羅馬帝國皇帝的話，棋子國王一臉困惑……

### 機械帆船

這艘機械帆船來自德國奧格斯堡，由金箔細工製作而成，船上雕刻有神聖羅馬帝國皇帝和他的隨從，表現出他們在海上航行的情景。這艘帆船結構複雜，兼具時鐘功能。船上的火炮裝置還可自動裝填並發射炮彈。

神聖羅馬帝國

　　神聖羅馬帝國（962 年—1806 年）是
歐洲史上的「第一帝國」，地跨西歐和中
歐，一度成為歐洲最強的國家。1806 年，
神聖羅馬帝國被法蘭西第一帝國皇帝拿破
崙一世推翻。

這時，帆船行駛到了博物館門口。

國王和皇后急匆匆地跳下船，神聖羅馬帝國皇帝在船上喊道：「你們要是後悔還來得及，船會等你們一刻鐘。」

國王和皇后跑出門外，被道路上車水馬龍的景象嚇到了。

「這⋯⋯這裏不是英格蘭嗎？」國王驚訝地問，「這些跑來跑去的大傢夥是甚麼呀？」

「這些是汽車！」小怪獸烏拉拉說。

話音剛落，一輛自行車駛來，差點兒軋到國王和皇后。

國王情緒低落，
語氣沉重地說道：「看
來神聖羅馬帝國皇帝
說的是真的，世界早
就不一樣了。我們再
也找不到我們的王國
了。」皇后也無奈地
點了點頭。

　　最終，兩顆棋子
又爬上金帆船，原路
返回了。

　　與棋子告別以後，
小怪獸烏拉拉發現一直
裝在口袋裏的神奇硬幣
居然也消失了……

　　他找到爸爸媽媽，
央求道：「我餓了，我
們去喝英式下午茶吧，
而且我心情不太好，
能多要一些點心嗎？」

　　爸爸藍莫和媽媽
艾莉微笑着點了點頭。

# 大英博物館裏的文物朋友們

### ① 羅塞塔石碑
作者：未知
類型：石碑，花崗岩
大小：約 44.2 x 30 x 11.2 吋
創作時期：公元前196年
創作地點：埃及

### ⑤ 芭絲特女神銅像
作者：未知
類型：雕像，銅、金
大小：高約 6.6 吋，重 618 克
創作時期：公元前525年—前332年
創作地點：埃及

### ② 劉易斯西洋棋
作者：未知
類型：西洋棋，海象牙，鯨魚齒
大小：3.5－3.9吋高
創作時期：約1150－1200年
創作地點：蘇格蘭

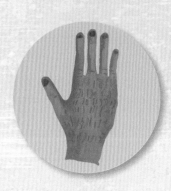

### ⑥ 阿拉伯銅手
作者：未知
類型：獻祭品，銅合金
大小：長約 7.3 吋，重約 980 克
創作時期：公元二至三世紀
創作地點：也門

### ③ 帕特農神廟浮雕
作者：未知
類型：間板裝飾，大理石
大小：面積不一，厚約 54 吋
創作時期：公元前 447－前 438年
創作地點：希臘

### ⑦ 日本銅鏡
作者：未知
類型：鏡子，銅
大小：直徑約 4.4 吋，重117 克
創作時期：公元十二世紀
創作地點：日本

### ④ 卡特貝特木乃伊
類型：人類木乃伊，人類毛髮、
　　　人體組織、灰泥、亞麻、
　　　木料、金
大小：長約 65 吋
創作時期：公元前1330年—
　　　　　前1250年
創作地點：埃及

### ⑧ 機械帆船
作者：未知
類型：帆船模型，黃銅、鐵、銀等
大小：約31 x 8 x 41 吋
創作時期：1580年—1590年
創作地點：德國

# 找不同

這兩艘機械帆船有 4 處不同，請找出來吧。

# 走迷宮

小怪獸烏拉拉想把博物館裏的藏品都看一遍，
又不想走回頭路，請你幫他設計一條路線吧！

日本銅鏡

帕特農神廟
的馬頭雕塑

劉易斯
西洋棋

波特蘭
花瓶

《捕禽圖》

起點

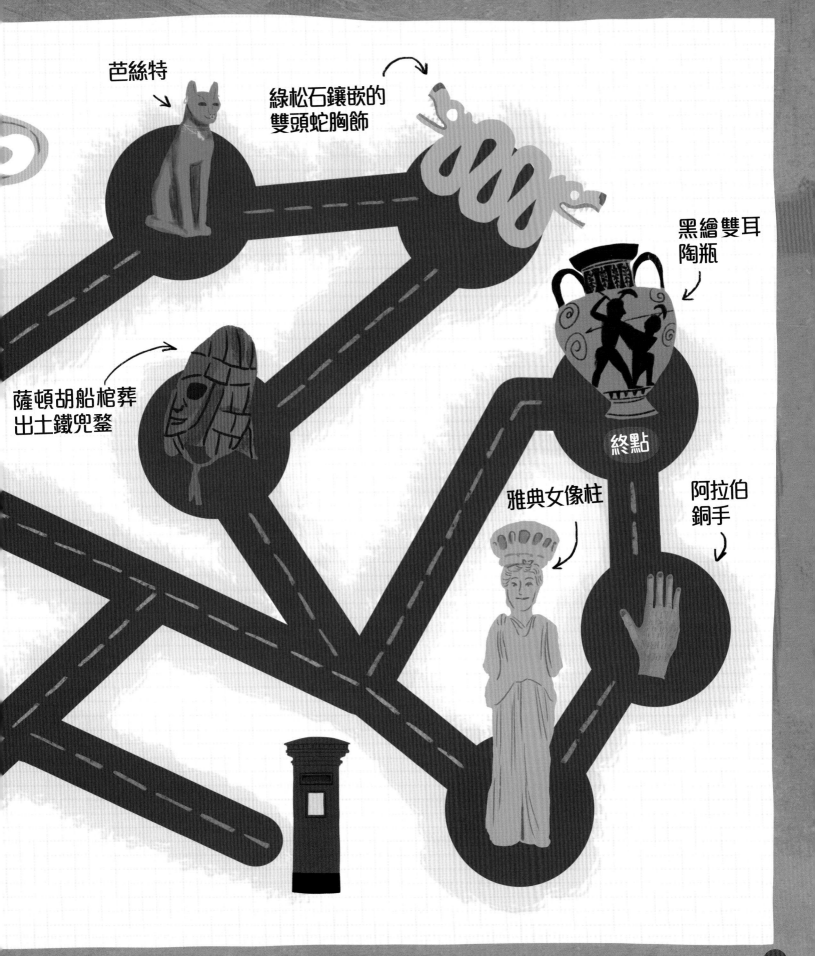

芭絲特

綠松石鑲嵌的
雙頭蛇胸飾

黑繪雙耳
陶瓶

薩頓胡船棺葬
出土鐵兜鍪

終點

雅典女像柱

阿拉伯
銅手

# 塗顏色

小怪獸烏拉拉一家的下午茶有各種各樣的飲品和點心，請你給它們塗上顏色吧！

# 遊戲答案

**1**

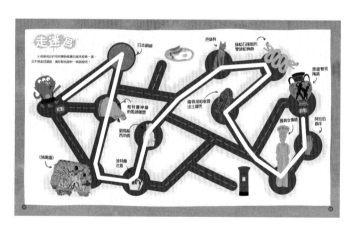

**2**

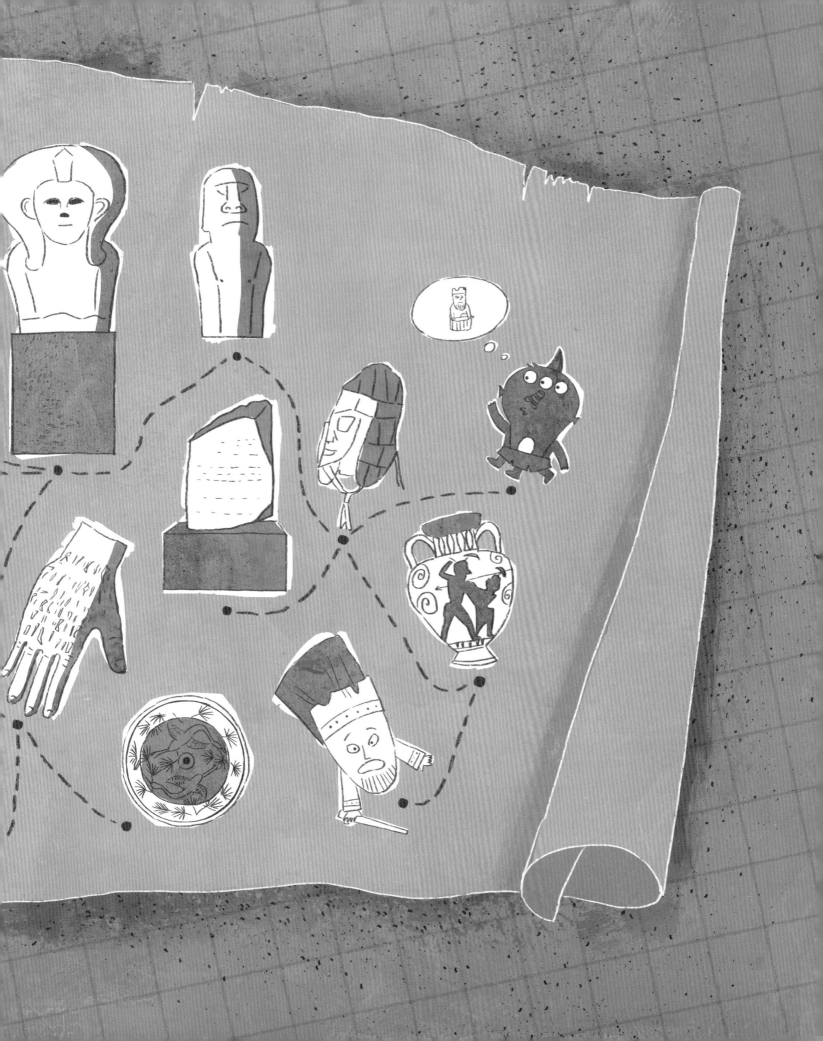